Illustrations de Dominique Renaux
Vignettes de Dye Transfert
Couverture de Xavier Gassot

Imprimé en Italie

N° d'éditeur: C 147
N° ISBN pour la collection: 2-86721-038-4
N° ISBN pour le présent volume: 2-86721-027-4

Dépôt légal: Paris, 4e trimestre 1990.

Diffusion exclusive en France:
Comptoir du Livre à Paris.

Diffusion exclusive en Belgique pour la langue française:
Daphné Diffusion à Gent.

les
GEMEAUX

LAURENE PETIT

DICO - SIGNES

Alors que l'astrologie devient un champ de recherche pour les scientifiques du monde entier, il était nécessaire de créer un ouvrage moderne, accessible et vivant.

En effet, si la véritable astrologie ne prétend pas prédire l'avenir, il est indispensable, dans un monde de communication, d'avoir une meilleure compréhension de soi-même et des autres.

La collection « Dico-Signes » vous apporte les réponses que vous attendiez et vous indique les directions d'épanouissement possibles de votre personnalité astrale.

Le bonheur ne commence-t-il pas, selon Socrate, par la connaissance de soi-même ?

Activité : Dans l'astrologie traditionnelle, le Gémeaux est un signe mutable, double et centrifuge.

Mutable, il se caractérise par la transformation, la métamorphose.

Double, il est entre le pôle réceptif féminin et le pôle actif masculin.

Centrifuge, il exprime toute son action vers l'extérieur.

L'activité du Gémeaux se signalera par sa mobilité, son instabilité, sa légèreté, son goût du mouvement incessant.

Signe de la communication, ses talents s'exerceront dans l'échange ou la transmission d'informations. Il sera un collaborateur né.

Réceptif, il sera ouvert à toutes les sollicitations.

Actif, il transformera ces sollicitations en projets et réalisations multiples.

Sa disponibilité va jusqu'à la dispersion. Il pourra mettre dix travaux en chantier simultanément pour n'en mener que quelques-uns juqu'au bout. D'où le prototype du Gémeaux touche-à-tout, dilettante, instable et insouciant, qui brasse des mil-

liers d'idées mais renonce à les concrétiser pour se lancer de nouveau vers d'autres idées, dans un mouvement perpétuel d'inachèvement et de recommencement.

Il s'agit bien sûr d'une caricature mais elle donne la tonalité du signe : sa dualité.

Adolescence : Mercure, planète maîtresse du signe du Gémeaux, gouverne l'âge de l'adolescence.

Le Gémeaux est d'ailleurs représenté par deux adolescents, éphèbes aux formes souples, juvéniles mais bien dessinées.

Pour le Gémeaux, l'adolescence est l'âge où le corps sort de la sensation et de l'affectivité brutes pour s'adapter à la circulation du monde extérieur, pour s'intellectualiser, se cérébraliser.

Double, entre la matière et l'esprit, la pulsion et l'idéal, le Gémeaux se révèlant au contact du jeu social pourra connaître une adolescence conflictuelle, marquée par les complexes, l'incertitude, la difficulté à choisir une voie et à s'y tenir.

Très précoce intellectuellement, l'adolescent Gémeaux est curieux de tout. Mais la maturité de son esprit peut contraster singulièrement avec sa vie psychique, longue à s'équilibrer, et son corps à l'épanouissement retardé.

Si l'adolescent Gémeaux connaît souvent des crises, celles-ci restent le plus souvent sans conséquences graves sur l'adulte, grâce à sa capacité de renouvellement.

Affaires : Il a tous les dons qui font de quelqu'un un négociateur idéal.

Intuitif et possédant un excellent esprit de synthèse, il repère les « coups » qui marcheront. Il saura raisonner juste pour toute affaire portant sur une large commercialisation, une diffusion et un succès publics.

Maître dans l'art d'argumenter à l'infini, il est capable aussi de vendre du vent en faisant croire que son produit va changer la face du monde.

Cela dit, il ne sera pas toujours un bon gérant de ses affaires. Il conduira son entreprise par succession d'affaires miraculeuses, mais n'a pas le sens de la rentabilité à long terme, de l'épargne et de la fructification.

Alimentation : Il est plus gourmand de nourritures intellectuelles que de nourritures terrestres. Mais il aime les plaisirs légers et nouveaux.

Il mangera sans avidité, du bout des lèvres, des aliments qui s'accordent à son humeur ou qui excitent sa curiosité. Il recherchera avant tout la variété et l'exotisme.

Plutôt que d'avoir ses habitudes dans un restaurant, il en changera tous les jours.

Il ne commet pas d'excès, sauf peut-être dans le domaine de la boisson, mais l'instabilité de son régime alimentaire peut occasionner des dérèglements digestifs, intestinaux, urinaires.

Sont particulièrement appropriés pour lui : les céréales, les agrumes (citron, orange) et certaines baies comme les myrtilles ou les groseilles.

Ambition : Ce n'est pas un ambitieux et pourtant il pourra réussir mieux que d'autres qui

ont une ambition obsédante ou entêtée. En fait, il mettra sa capacité à l'ambition au service de ses besoins de contact, d'échange, de voyage.

Il pourra donc très bien s'élever socialement, et avec éclat, non comme une fin en soi, mais pour le simple plaisir d'évoluer dans un milieu qu'il avait envie de pénétrer. Il aimera vendre pour vendre, non pour s'enrichir.

Dans le mot ambition, il y a l'idée d'ascension ; le Gémeaux ne cherche pas à monter, il n'a pas une conception verticale du monde, mais une conception horizontale : il cherche à s'étendre, à répandre, à diffuser.

Amitié : Signe du contact, c'est aussi le signe de l'amitié universelle. Le Gémeaux suscite avant tout la camaraderie. Il se liera spontanément avec son entourage.

Dans la famille, il élargira son registre aux cousins ou oncles lointains.

Au lycée ou au bureau, il sera l'ami de tous et se laissera naturellement porter vers les autres.

Mais le Gémeaux a aussi l'esprit très critique, peu de patience et peu de fidélité. Il nouera rarement des liens très profonds et durables, mais renouvellera constamment ses relations. Il s'attachera peut-être à une personne, qui sera son confident et le témoin de ses errances et, pour le reste, il brillera d'un éclat un peu superficiel au sein d'entourages conquis, délaissés, et remplacés bientôt par de nouveaux cercles.

Mais le Gémeaux est souvent moins superficiel et bavard que son attitude le ferait supposer. Il a un sens réel de la fraternité et si quelqu'un en bénéficie, il en éprouvera la solidité.

Derrière un comportement inconstant et changeant, se dissimule un être qui a profondément besoin d'amitié authentique, comme d'une sécurité. Et ce lien l'engagera parfois davantage que l'amour !

Amour : Voilà bien le problème du Gémeaux ! Ce signe double éprouve toutes les difficultés du monde à s'engager pleinement, à vibrer d'une seule note qui emporterait son cœur. Il se situe constamment entre le désir et le détachement, le sentiment et sa mise à distance quelque peu cérébrale.

D'autre part, la vie est pour lui une conquête permanente d'indépendance. L'amour révèle parfois des chaînes qui font fuir le Gémeaux.

Signe mutable, il ressentira des attirances et des sentiments d'amoureux qui se résoudront vite, distance intellectuelle aidant, en camaraderie sensuelle, voire en lien platonique.

Il pourra alternativement souffrir de, ou trouver son compte dans cette difficulté à s'investir sentimentalement.

L'homme :

Infidèle et inconstant, il connaît les amours vagabondes, le flirt dans lequel il exerce son charme.

Il est curieux de l'amour comme il serait curieux d'une science. Désireux à la fois de séduire, d'éprouver cette séduction mais de limiter son engagement, il vivra souvent sur le registre du jeu.

Le sourire aux lèvres, il écrira des lettres enflammées et ne mettra l'adresse de la destinataire qu'au dernier moment, après avoir consulté au hasard son carnet d'adresses.

Il mènera souvent plusieurs relations de front pour satisfaire son goût de la variété, mais ne prendra d'engagements avec aucune.

Comme il sait qu'il a besoin de nouvelles excitations, il ne voudra par arrêter un choix définitif, mais vivra tout sur un mode passager, éphémère. Et s'il délaisse un jour le jeu au profit de l'attachement sincère, il fait davantage un agréable compagnon qu'un amant passionné.

La femme :

Elle possède une émotivité souvent plus profonde et un idéal amoureux moins jaloux d'indépendance. Mais elle est aussi sensible au flirt, aux joies éphémères des liaisons sans lendemain.

Elle aimerait souvent être disponible pour tous, constatant combien il est difficile pour elle de ne pas céder à des avances pressantes.

Même si elle installe une relation, elle reste libre par l'esprit et l'amour n'est pour elle qu'une portion de sa vie affective.

Adaptable et souple, elle satisfera son amant et s'intéressera à tout ce qui le concerne, allant parfois jusqu'à épouser ses goûts et ses opinions.

Si elle ne possède pas par ailleurs une forte personnalité, elle finira par devenir le jumeau de l'être aimé !

Anatomie : Dès la naissance de l'astrologie, on a attribué les différentes parties du corps et les maladies qui s'y attachent aux signes du zodia-

que. Même Hippocrate obligeait ses élèves à étudier l'anatomie zodiacale. En fait, du Bélier au Poissons, tout le zodiaque est contenu verticalement et de haut en bas dans le corps humain.

Ainsi, le Gémeaux correspond aux épaules, bras, mains, côtes supérieures, le systèmes respiratoire et la plupart des fonctions nerveuses.

Animal : Un certain nombre d'animaux sont traditionnellement associés aux douze signes du zodiaque, considérés comme des éléments ayant une influence talismanique.

Les animaux totem du Gémeaux sont l'abeille, la fourmi, le perroquet, le renard, le singe.

A noter qu'avant d'être représenté par deux adolescents, le Gémeaux était figuré en Égypte par deux chevreaux.

Argent : Le natif n'éprouve aucune attirance particulière à l'égard de l'argent et s'il y a quelque chose pour lequel il ne se fait pas de souci, c'est bien son compte en banque !

L'argent sera avant tout pour lui un moyen comme un autre d'acquérir son indépendance ou de parcourir le vaste monde. Mais il n'a pas le sens de l'épargne, ni l'âpreté au gain qui signale certains natifs du Taureau.

Au contraire, il est facilement dépensier et insouciant, ce qui le contraindra parfois à subir des périodes de labeur intense pour redresser la barre financière.

Il est capable de gagner de l'argent facilement grâce à son adaptabilité et ses dons multiples, mais il est aussi capable de le dépenser plus vite encore, au gré de son humeur fantaisiste !

Arts : Mercure, maître du Gémeaux, gouverne les écrits. La littérature sera au premier plan des activités artistiques propres au natif.

Il sera souvent poète, grâcieux, séduisant, cherchant davantage à plaire au lecteur qu'à choquer ou innover.

Il se signalera par l'aisance de son style (avec son revers : la facilité), ses formules brillantes, son talent d'analyse et de synthèse.

Jean-Paul Sartre est un écrivain typique des préoccupations du Gémeaux. Il est significatif pour ce signe obsédé par les autres, qui se sent modelé par le regard d'autrui, de lire « L'enfer, c'est les autres » (« Huis clos »).

Les personnages des romans ou du théâtre de Sartre sont des comédiens, ils jouent la vie, cherchent d'abord le « chemin de la liberté », parlent ou ont besoin des autres pour se sentir exister. Quoi de plus typiquement Gémeaux ?

Outre les écrits, l'art du Gémeaux par excellence est la danse, mélange de contact charnel avec le monde et d'élévation spirituelle, dans lequel le natif peut concilier les éléments contraires de sa dualité.

Mais cette liste n'est pas limitative. Doué pour tout et assimilant avec aisance les connaissances et les techniques, il pourra s'exprimer comme comédien (évidemment !) ou musicien, voire comme auteur de bandes dessinées, comme Hergé, père de « Tintin et Milou ».

Ascendant : C'est le point du zodiaque qui se lève à l'horizon oriental au moment de la naissance.

Il est capital pour affiner le portrait d'un signe de connaître l'Ascendant, signe complémentaire qui révèle le Moi profond, la personnalité psychique de l'être.

On le calcule à partir de l'heure de naissance du sujet. Muni de ce renseignement, on se reportera en fin de volume où une méthode simplifiée vous permettra de connaître votre Ascendant.

Gémeaux-Bélier :

Tout communication et contact, le Gémeaux l'emporte sur le Bélier, plus entier, mais la configuration renforce le charme.

Le natif aimera jouer les feux follets, dans les fêtes et le rire, animé d'une perpétuelle bougeotte ! C'est le jongleur du zodiaque...

Il pourra passer du mensonge à la vérité, avec une ironie sans pareille. Être de l'instant plus que jamais, il manque de concentration et sa nervosité s'accentue.

C'est la grande aventure permanente.

Gémeaux-Taureau :

C'est la rencontre de principe inverses : stabilité contre inconstance, racine contre mobilité, concentration contre échappement d'énergie.

Les tendances peuvent s'affronter jusqu'au déchirement ou encore alterner, devenant la source d'imprévisibles revirements.

Le plus souvent, une influence prévaut sur l'autre, cette dernière agissant à la façon d'un ticket modérateur.

Gémeaux-Gémeaux :

Cette configuration accentue les tendances pures du signe. L'être sera adaptable, alerte, logique, affairé, loquace, rusé. Il aura un don d'écrivain ou, d'une façon générale, des dispositions pour les langues.

Avec son apparence d'éternel adolescent, il vivra autant par les actes que par la parole. Touche-à-tout, il aura du mal à exploiter son potentiel car il ne vit que dans l'instant et change de direction comme de chemise ! Excès de fantaisie et de superficialité.

Gémeaux-Cancer :

La configuration favorise l'imagination et la création, les échappées de l'esprit trouvant une cohérence et une rigueur naturelles. Le natif restera très jeune d'esprit, parfois de corps.

Malléable, diffus, incertain, manquant parfois d'assurance, le natif aura du mal à transformer concrètement les richesses de sa vie intérieure. Il pourra rencontrer un départ difficile dans la vie ou être handicapé par des problèmes familiaux.

Si les complexes sont surmontés, l'habileté devient extrême.

Gémeaux-Lion :

Ici, le Feu se répand et réchauffe l'Air, la brûlure devient chaleur, doucement rayonnante.

La passion du Lion prend les distances du Gémeaux. Le chic naturel du Gémeaux pour les contacts se double de l'art du Lion de se mettre en valeur.

Le natif montre une façade sereine, mélange d'extravagance et d'assurance, de gaminerie et de noblesse.

L'intelligence est rapide, tantôt plastique tantôt ferme, si bien qu'elle donne l'impression d'être un réservoir inépuisable d'arguments.

Le Gémeaux ne sait pas toujours ménager les forces du Lion et le Lion réfréner la nervosité dépressive du Gémeaux. Mais quand la combinaison fonctionne, elle est vouée à de grandes réussites.

Gémeaux-Vierge :

La combinaison est marquée par la double influence de la planète Mercure, gage d'intelligence, d'analyse, de concentration, de méthode, d'ordre.

La souplesse et l'inventivité du Gémeaux s'harmonisent avec l'ancrage de la Vierge dans le concret, le précis.

Mais cette combinaison favorable à l'intellect étouffe parfois la sensibilité et inhibe la sensualité.

Le natif sera froid, distant, soumettant son existence à un idéal d'ordre que seuls le jeu et le risque contrebalancent.

Réussite dans des professions intellectuelles.

Gémeaux-Balance :

La combinaison privilégie les dons d'écriture ou l'expression corporelle, la danse. Le natif sera sensuel mais très critique sur son entourage.

Diplomate, habile orateur, charmeur en toutes circonstances, il sera aussi très narcissique, obsédé par les regards qu'autrui porte sur lui, quitte à se fabriquer une personnalité imaginaire dont il donnera l'image extérieure, en manière de jeu.

Il réussira moins par sa constance que par les appuis que son talent de négociateur lui fournira. Son potentiel se réalisera le mieux dans une sublimation artistique dans le domaine des spectacles.

Gémeaux-Scorpion :

Le natif offrira de lui une image mystérieuse, aux réactions imprévisibles. La légèreté et la fluidité du Gémeaux peuvent s'allier ou s'opposer à la force mentale du Scorpion, créant un terrain propice à la dépression ou aux dérèglements.

Le plus souvent, le côté superfiel du Gémeaux et la profondeur du Scorpion alternent. Le natif sera attiré par l'occulte, l'irrationnel, pouvant jouer avec eux comme d'univers en trompe l'œil. Penchant auto-destructeur.

Gémeaux-Sagittaire :

La combinaison privilégie une nature avant tout enthousiaste. Le natif vivra dans un fourmillement de projets. Il est brillant mais capricieux. Il a horreur de la routine, aime autant étonner les autres que se surprendre lui-même.

S'il pouvait, il passerait sa vie à voyager, laissant une conquête sentimentale dans chaque ville. La lucidité du Gémeaux ajoutée à la volonté d'accomplissement du Sagittaire conduira le natif à se remettre souvent en cause. D'où des itinéraires professionnels marqués par des bouleversements réguliers.

Il sera capable de repartir plusieurs fois à zéro, changeant d'activité comme de ville ou de pays. Cela peut le rendre tantôt séduisant, tantôt exaspérant !

Gémeaux-Capricorne :

Les valeurs de l'un et de l'autre sont pour le moins antithétiques.

La légèreté et l'inconstance du Gémeaux s'opposent à l'ambition et la persévérance du Capricorne. Le natif perdra en humour et en fantaisie ce qu'il

gagnera en coordination et en pondération. Toutefois la combinaison solidifie un aspect : la lucidité, le sens critique qui dotent ici le natif d'une dureté peu commune.

Il exercera des jugements impitoyables et se défendra en même temps d'une tendance à l'indulgence envers lui-même.

Les affaires sont favorisées.

Gémeaux-Verseau :

C'est le prototype de l'être inconstant, changeant, à facettes, détaché des valeurs de la matière et de l'avoir. Ici, tout se cérébralise mais bien peu de choses se concrétisent, sauf peut-être dans le domaine sentimental, contrepoids d'émotion et de tendresse à une spiritualité dégagée des contingences.

Très inventif, à la fois dans le domaine des arts et de la technique, le natif sera d'abord un expérimentateur, un avant-gardiste alimenté par des connaissances éclectiques.

Mais il aura besoin d'appuis, de protections, voire d'un cadre étroit et imposé qui le ramène à la réalité. Il pourra trouver cela dans de nombreuses amitiés dont il a besoin. Ses dons le portent de la musique à... la science-fiction !

Gémeaux-Poissons :

De nombreuses personnalités habitent l'enveloppe terrestre du natif !

Ici, deux signes doubles s'associent, multipliant les possibles. Le natif-type est très difficile à cerner.

Il sera à coup sûr mystérieux et secret, parfois autant pour lui-même que pour les autres.

Sa force mentale pourra se dissocier ou s'exercer en alternance à plusieurs niveaux, les profon-

deurs inconscientes et diffuses du Poissons relayant la lucidité et la cohérence langagière du Gémeaux.

Mais l'intuition parfois nébuleuse du Poissons peut aussi servir la souplesse intellectuelle du Gémeaux.

Prédisposition au fantastique.

Aventure : Spontané et curieux de tout, mobile, voyageur, le natif sera un aventurier. Bluff et coups de poker émaillent sa trajectoire.

Il aimera l'aventure non pour conquérir, apprendre, s'affirmer, mais pour le frisson de nouveauté qu'elle procure. L'aventure pour l'aventure, et aussi pour l'idée de l'aventure !

Bijoux : Le natif aime tout ce qui brille ou en jette plein la vue. Dandy dans l'âme, il pourra se charger de bijoux comme n'en porter qu'un seul, bien visible.

Il aime surtout les bagues et les bracelets (mains et bras étant des parties du corps gouvernées par le Gémeaux).

Il sera sensible à la topaze et à l'aigue-marine.

Bonheur : Détestant la routine et se remettant sans cesse en cause, le Gémeaux est souvent incapable d'installer le bonheur.

Tout change, rien ne dure, donc rien n'est satisfaisant en soi, sinon l'idée même de changement.

La quête d'un bonheur établi n'a pas de sens pour un Gémeaux. Vivant dans l'instant, son bonheur sera une succession de moments heureux et variés.

Bricolage : Le Gémeaux est surtout un bricoleur… d'idées.

Piochant à droite et à gauche les idées maîtresses du moment, les titres accrocheurs, il est capable

de parler de n'importe quel sujet en se faisant passer pour un spécialiste en la matière.

Par ailleurs, il est le signe idéal du rafistolage de dernière minute avec les moyens du bord, le roi du camouflage trompe-l'œil.

Rapide, lucide, il comprend en moins de temps qu'il n'en faut pour le dire les mécanismes les plus subtils… ou du moins fera semblant !

Évidemment, comme l'apparence l'intéresse plus que le fond il ne faut rien attendre de durable, de solide, sortant de ses mains. Et surtout, ne pas avoir peur de retrousser ses manches pour nettoyer le désordre ambiant qu'il laissera après son bref mais édifiant passage… A moins qu'il n'ait tout entassé dans ce placard que l'on n'ouvre qu'une fois l'an !

Célébrités : Natifs ou personnalités fortement marqués par le signe.

Charles Aznavour, Barbara, Bob Dylan, Johnny Halliday, Alain Souchon, Errol Flynn, Brigitte Fossey, Judy Garland, Marilyn Monroe, Sir Lawrence Olivier, Isadora Duncan, Louis-Ferdinand Céline, Daninos, Arthur Conan Doyle, Françoise Sagan, Jean-Paul Sartre, Marguerite Yourcenar, Jacques Offenbach, Robert Schuman, Richard Strauss, Richard Wagner, André-Louis Derain, John F. Kennedy, Philippe II d'Espagne, la reine Victoria, Bjorn Borg.

Chance : Il la sollicite constamment par son attitude dispersée et affairée.

Il pourra connaître des périodes de déveine noire, ses projets se retournant contre lui ou sa distraction lui occasionnant quelques malheurs. Mais quand la chance tourne à son avantage, il paraît béni des dieux ! Sans doute parce qu'il sait saisir au vol toutes les occasions.

Charme : Volubile, fantaisiste, obsédé par

l'idée de plaire, d'un contact facile, le Gémeaux est le signe du charme. Sa fraîcheur et sa spontanéité forcent toutes les sympathies.

Chiffres : Le 3, le 12 et le 18 ou, d'après la symbolique numérale adoptée par les cabalistes : 3, 13, 33.

Communication : Voilà un mot-clé du Gémeaux.

Gouverné par Mercure, qui était jadis le dieu messager, le signe prend sa dimension dans l'univers du contact, de l'échange. Le natif est porté de façon irrépressible vers autrui. Ses rencontres lui permettent d'exister.

Ce signe double, marqué par un problème d'identité, a besoin du regard des autres pour se recentrer et être dynamisé.

Il se sent rapidement seul. Si personne n'est disponible, il ira boire un café dans un bistro par simple goût de sentir la présence de la foule.

De contact facile, il abordera son voisin de compartiment dans le train et il seront amis avant la fin du voyage ! Il passera des heures au téléphone ou interviendra dans toutes les discussions d'une soirée pour donner son avis.

Il se fera inviter partout et sera souvent un adepte du commérage, non par perfidie mais simplement pour avoir quelque chose à dire ! Être, pour lui, c'est communiquer.

Complexes : Un complexe assez fort touche souvent le natif du Gémeaux : le manque de confiance en soi. Il ne le laissera pas facilement voir. Mais, au fond, il est inquiet sur lui-même.

Sa personnalité souvent tiraillée entre des enjeux contradictoires et ses opinions changeantes le privent de certitudes sur lui-même auxquelles il aimerait parfois se raccrocher. Du coup, il manque d'une confiance et d'une solidité qui le rassureraient, ce qu'il resssentira comme un complexe.

Concentration : Ce n'est pas le fort de ce signe d'Air mutable.

Trop ouvert sur l'extérieur, il a du mal à fixer son attention sur un seul objet. Quatre ou cinq idées trotteront simultanément dans son esprit et lui ôteront le goût de ne suivre qu'un seul fil pendant des heures. Cela l'ennuie trop vite !

Conflit : Cherchant d'abord à plaire à tous, le Gémeaux n'est pas un batailleur et il n'a ni prédisposition ni intérêt aux conflits. Il les évitera en souplesse ou les vivra en spectateur.

Il pourra toutefois en provoquer malgré lui. Il veut toujours avoir raison et une fois qu'il a émis une opinion, il s'y tiendra, écoutant l'autre mais démontant pièce par pièce ses arguments.

Trois jours plus tard, il professera devant la même personne l'avis opposé. Il y en a que cela fâche !

Conquête : Une seule conquête le motive réellement : celle des autres, par le charme. Le Gémeaux court après une popularité permanente, source pour lui d'émotions et de plaisir.

Conseil : Les conseils font partie pour lui du jeu de la communication.

Il en abreuvera autrui, non pour dicter la conduite à suivre, mais pour éclairer toutes les facettes d'un problème.

Selon les natifs, le problème se trouvera noyé dans les nuances ou bien, brillamment, se résoudra en une synthèse évidente.

Lui-même aura besoin des conseils de ses amis pour l'aider à prendre une décision ou arrêter un choix.

Une médiation lui permet souvent de surmonter son indécision fondamentale.

Contradiction : Signe double, le Gémeaux est évidemment un signe idéal pour les contradictions intérieures.

Insouciant, il les vivra plutôt bien, les acceptant comme telles et adoptant un comportement changeant. Il passera d'un registre à l'autre, suivant telle impulsion, puis telle autre, se moquant de l'incohérence qui va en résulter pour les autres.

Il jouera de son caractère imprévisible et en fera un des ingrédients de son charme.

S'il est moins insouciant, en fait même inquiet, il transformera ses contradictions intérieures en jeu extérieurs.

Comédien, il conciliera dans les apparences ce qu'il ne peut résoudre dans l'essence ! Factice par fuite, le natif préfèrera vivre la vie d'un personnage, d'un rôle, plutôt que la sienne propre.

Couleurs : Avant tout le gris, malgré ses connotations mélancoliques, et les teintes irisées et chatoyantes.

Courage : Il en a pour les choses qui lui plaisent, mais sans plus.

Là encore, il est double. Sa mobilité et son désir de bouger peuvent lui conférer de la force mais aussi le rendre facilement fuyant.

Création : Un aspect du Gémeaux l'éloigne de la créativité : sa superficialité. Il pourra n'être qu'un vulgarisateur, transmettant habilement des informations glanées à diverses sources, à la façon d'un présentateur de journal télévisé ou d'un pédagogue.

Ses facultés d'analyse s'exercent sur un matériau donné et produisent des synthèses.

Mais il peut travailler davantage en profondeur et son matériau de prédilection sera le langage dont les structures correspondent à son goût de la logique et dont les possibilités infinies répondent à son goût de la surprise.

D'autre part, l'écrit c'est aussi la diffusion par l'imprimerie, la création par la communication. Le Gémeaux manifeste son don pour le langage dans l'art de la comédie. Il sera un acteur inventif, crédible, fascinant dans sa faculté à investir complètement son personnage.

Cuisine : Pourquoi pas ? Le natif peut ajouter cette corde à son arc, comme n'importe quelle autre. Tous les domaines excitent sa curiosité. Par contre, s'il s'agit d'une routine à acquérir, à installer, il la fuira comme toutes les corvées !

Culture : Signe d'intellect, le Gémeaux a des facilités pour les études, aussi bien dans un cadre universitaire que comme autodidacte. Très tôt, il aura vécu dans la familiarité des livres et de la lecture.

Plus qu'un spécialiste comme le Taureau, le Gémeaux sera un être de culture générale, éclectique à souhait. Il aura des connaissances variées dans tous les domaines, mais n'en connaîtra parfois aucun en profondeur. Bien qu'il puisse donner l'illusion du contraire sur chaque sujet !

Curiosité : Mot-clé du Gémeaux. C'est l'un de ses moteurs principaux, qui le rend véritablement avide, assoiffé. Tout l'attire, avec un réel entrain. Son complice favori : le trou de la serrure !

Danger : Ce qui rend parfois le Gémeaux aussi dangereux pour lui que pour les autres, c'est qu'il n'a pas conscience des risques. Il s'assiera sur une caisse de dynamite et allumera une cigarette en souriant tandis que les autres se plaqueront au sol en hurlant. Il les regardera sans comprendre. Après tout, la caisse est fermée !

Au volant, il se faufilera partout, omettant de jeter un œil dans le rétroviseur avant d'effectuer un dépassement ou négligeant l'usage du clignotant. Avec courtoisie, il demandera à ses passagers qui claquent des dents s'ils veulent du chauffage ?

Sa curiosité et ses ruses machiavéliques peuvent aussi le conduire à des situations périlleuses.

Le Gémeaux aura donné rendez-vous le même jour à six fiancé(e)s, au même endroit. Les personnes en question auront fait connaissance et attendront le natif de pied ferme, couteau entre les dents ! Ce qui peut le sauver : au même instant, il convole en fait avec une septième conquête !

Déception : Il en connaît de nombreuses. On ne peut pas plaire à tout le monde et cela, le

Gémeaux l'admet difficilement. Il voudrait charmer toutes et tous.

A ce jeu systématique, il s'expose aux gifles ! Il en prendra donc. Mais ça n'est jamais très grave. Le Gémeaux oublie, les déceptions petites ou grandes sont noyées dans le flot des émotions nouvelles, des aventures quotidiennes.

Même s'il est marqué davantage qu'il ne le voudrait, le Gémeaux est un champion de la dissimulation. Il cachera presqu'aussi facilement son chagrin aux autres qu'à lui-même. Ou alors, il en parlera à tout le monde pendant trois jours, avec des accents désespérés. Un mois plus tard, il sera cynique, ironisant à n'en plus finir. Au bout de deux mois, il en rira à gorge déployée !

Décoration : Ce qui frappe d'abord lorsqu'on pénètre chez un Gémeaux, c'est la bibliothèque. Il vit souvent entouré de livres et ceux-ci occuperont une place de vedette dans sa maison.

Ce qui frappera ensuite, c'est la présence d'objets qui ne quittent jamais les cartons. En effet, le Gémeaux est souvent entre deux déménagements. Parfois (et comme il est en outre négligent), il ne prend pas le temps de déballer toutes ses affaires avant de changer d'appartement !

Son premier réflexe sera d'installer ses livres, d'assurer le côté pratique (un sommier, un matelas, un réfrigérateur) puis il disséminera des objets bizarres un peu partout ou fera cohabiter sur les murs des affiches dont les styles ne se marient pas. Moyen-

nant quoi, il s'assiera sur une valise encore fermée et consultera les petites annonces à la rubrique « offres de logement » !

Défauts : Il a horreur de les reconnaître et cette rubrique risque de chatouiller sa susceptibilité.

Qu'il compense avec le mot « Qualités » ! Car il est : indiscret, inconstant, infidèle, faux, hypernerveux, superficiel, cancanier, indécis, dispersé, insouciant, irresponsable, impatient, distrait, indiscipliné, tricheur, cynique, cérébral, comédien, bavard et menteur comme un arracheur de dents !

Dépression : Chez le Gémeaux, les états dépressifs peuvent parfois prendre un tour nettement pathologique.

A côté du natif gai, léger, heureux de vivre, il existe un type Gémeaux plus tourmenté, surmontant mal les aspects dissociés ou contradictoires de sa personnalité.

Son besoin des autres peut se transformer en angoisse de la solitude. Ou encore, après avoir vécu longtemps sur le registre du jeu, des pirouettes, du babillage, il se sentira soudain vide, creux, sans personnalité propre. Il sombrera dans une noire dépression, alimentant une crise de l'identité aux remous parfois très graves.

Comme il se sent en permanence double, à la fois primaire, sensible et très cérébral, sa fragilité psychique est grande et peut le conduire au bord du vertige du vide.

Destin : Voilà un concept absurde pour le Gémeaux. Le natif virevolte et déjoue systématiquement la destinée.

On notera toutefois que la vie du Gémeaux est souvent marquée par un brutal changement ; en pleine maturité, il quittera tout pour reprendre son existence à zéro dans une autre direction.

Discipline : Le mot fait fuir n'importe quel Gémeaux.

S'il est adaptable, c'est vis-à-vis des milieux, des groupes, mi-acteur mi-caméléon. Mais il ne faut lui imposer aucun cadre, aucune routine. Il est trop indépendant, trop avide de liberté pour s'insérer dans une quelconque hiérarchie. Et la routine l'ennuie très vite.

Comme il est évidemment difficile, sinon parfois impossible, d'assumer une tendance aussi radicale, on verra le Gémeaux s'accommoder d'une certaine discipline (horaires, régularité du cadre) sous réserve d'avoir des loisirs où sa fantaisie puisse se débrider.

Domination : Ni l'homme ni la femme du Gémeaux ne sont d'un type dominateur.

Plein de tact, respectueux de la liberté d'autrui, le natif attend la réciproque de la part des autres.

Il fuira tous les contextes où une domination s'exerce sur lui.

Echec : Le Gémeaux connaît rarement d'échecs graves pour lui-même.

Pour qu'un échec ait de l'impact, il faut qu'il soit le résultat d'un long processus, que les enjeux soient forts et engagés. Or, le Gémeaux vit au jour le jour et prend peu d'engagements.

Il ne fera pas de plans pour l'avenir, ne construisant que le strict minimum. Moyennant quoi, il n'essuie que des échecs moindres, tenant aux instants traversés, aussitôt oubliés.

Cela dit, certains natifs souffrent de cette tendance au détachement et à l'insouciance présente en eux. Manquant par surcroît de confiance en eux, ils pourront adopter un comportement d'échec, désirant d'un côté construire quelque chose de stable, mais le détruisant simultanément pour le renvoyer à l'éphémère.

Égoïsme : Essentiellement appliqué à satisfaire sa soif d'émotions neuves, le Gémeaux témoignera souvent d'un comportement égoïste. Car s'il sollicite sans cesse les autres, il les oublie aussi facilement lorsque d'autres vents le poussent !

Élément : Les premiers philosophes grecs avaient proposé quatre éléments fondamentaux à la source de toute chose : l'Eau, l'Air, la Terre, le Feu.

L'élément du Gémeaux (comme de la Balance et du Verseau) est l'Air, mélange d'humide et de chaud.

Il s'interprète comme un indice d'imagination, d'intelligence, de souplesse, de rapidité, de fugacité, de dispersion.

Succédant à la terre nourricière du Taureau, l'Air printanier du Gémeaux est celui de la brise légère qui agite le feuillage. C'est l'Air transformateur qui, avec les fruits mûris, annonce les senteurs de l'été.

Enfance : Curieux de tout, l'enfant Gémeaux sera parfois cette petite teigne qui demandera « pourquoi ? » toutes les cinq minutes ?

Il est très éveillé, d'une intelligence vive et précoce.

Il saura parfois lire et écrire alors que les bambins du même âge ne savent encore faire que des pâtés dans le sable.

Mais il faut peut-être se méfier de cette intelligence et ne pas livrer l'enfant Gémeaux à ses seuls livres.

Comme les autres enfants, il a aussi besoin de se dépenser physiquement ; il faudra l'y pousser de temps en temps. Lui apprendre également à terminer ses entreprises, mais sans lui imposer une discipline ou une obéissance aveugle, contre quoi il se

rebiffe d'instinct. Sans cela, il deviendra un champion de la fugue.

Ennemis : Son pire ennemi, c'est parfois lui-même !

Comédien, facilement menteur sinon mythomane, il fera cinquante promesses qu'il ne tiendra pas. Ou bien séduira les conjoints de ses meilleurs amis. Ou encore colportera partout les confidences qu'on a l'imprudence de lui faire.

Il n'est pourtant pas méchant, ni mal intentionné, il se laisse aller à son naturel peu respectueux des codes et de la morale.

Si bien que, s'il laisse avec son don du contact beaucoup d'amis derrière lui, il récolte au moins autant d'ennemis, sans en avoir nécessairement conscience !

Ennui : Le Gémeaux est sujet à l'ennui, l'ennui mortel !

Qu'il se sente seul ou menant une vie sans surprise, et un terrible sentiment de grisaille et de vide l'envahira. Il disparaîtra avec le premier coup de téléphone !

Excès : Le Gémeaux n'est pas un signe potentiel d'excès, comme le Taureau ou le Scorpion.

S'il donne l'impression d'être hyperactif et survolté, c'est par besoin, non pour franchir des limites. D'ailleurs, le mot « limite » lui paraît un peu absurde !

Exigence : Il n'en a qu'une : la liberté. Que ce soit sur le plan sentimental ou professionnel, il ne fera jamais de concessions sur son goût de l'indépendance.

Famille : Le Gémeaux est souvent indifférent à l'égard de ce qu'il considère avant tout comme un prototype d'organisation mal adapté à son caractère.

Certains natifs auront vécu la famille comme une cellule étouffante, brimant leur aspiration à l'indépendance.

Ils seront des fugueurs précoces, volant très tôt de leurs propres ailes, excessivement méfiants quant à l'idée de reproduire de leur côté une telle structure.

Les autres auront également pris leurs distances, mais aimeront renouer de temps en temps les liens familiaux, à l'occasion de repas dominicaux ou de fêtes.

Une fois l'an, ils visiteront père, mère, frères, sœurs, oncles, tantes, cousins et cousines... et seront satisfaits jusqu'à l'année suivante !

Fantaisie : C'est un mot-clé du Gémeaux. Fantaisiste, léger, fantasque, plus qu'excessif, le natif aime la surprise et il aime surprendre. Cela peut aller jusqu'au canular et à la mythomanie, le natif répan-

dant de rocambolesques histoires sur son propre compte.

Aimant lui-même se déguiser, il n'hésitera pas à déguiser la réalité.

Fantasme : Le Gémeaux n'a pas un fantasme mais des centaines.

Par ailleurs très cérébral, il pourra préférer s'en tenir à l'imagination, caresser les idées, mais ne pas les réaliser !

Fidélité : Ce concept est inconnu chez la plupart des Gémeaux.

C'est un être libre avant tout, que rien ne retient. Pas même les sentiments.

Charmeur plus que séducteur, le Gémeaux adorera mener de front plusieurs liaisons sans s'attacher définitivement à aucune.

Cette stratégie répond à sa soif de renouveau et de variété. Comme il a conscience que tout le monde ne manifeste pas la même inconstance, il s'en tirera par le mensonge.

Il jurera amour à l'un, fidélité à l'autre, bonheur et stabilité au troisième, manipulant en virtuose son emploi du temps.

Naturellement, il se retrouvera facilement prisonnier de situations vaudevillesques, parfois victime de ses propres machinations.

Force : La force du Gémeaux est dans la souplesse, à la façon du roseau de la fable.

Il est mobile et vif : l'activité s'emparera tout de suite de lui sans mise en condition préalable.

Mais il est peu endurant, ses réserves s'épuisent vite. Quelques minutes de repos le rechargent aussitôt.

Le Gémeaux est fragile physiquement, et il dispose rarement d'une grande force musculaire.

Sa force véritable est un mélange de sensibilité et d'efforts intellectuels : la ruse !

Gourmandise : Le Gémeaux n'est pas gourmand. Le plaisir du palais est une sensation trop purement terrestre pour le concerner. Manger est d'abord une fonction vitale.

Grossesse : Tout dans la tête ! Ce signe mercurien imaginera l'enfant à venir comme un compagnon déjà formé. Elle ne lui tricotera pas de barboteuse, ou bien essayera, pour s'amuser un temps, de ressembler à l'image maternelle traditionnelle... dont elle se lassera vite !!!

D'humeur encore plus changeante que de coutume, elle passera du rire aux larmes avec une rapidité déconcertante, entassant des revues féminines qu'elle ne lira pas, achetant cinq berceaux parce qu'ils étaient amusants, s'affolant de la lourdeur de ses seins pour en rire cinq minutes après !

Mais elle vivra sa grossesse comme un événement cassant la routine, et cela ne l'empêchera jamais de vivre comme bon lui semble, faisant fi des régimes prescrits, comme de tout mode d'emploi... elle s'étonnera, s'amusera des ébats du fœtus, sa fibre maternelle sera longue à s'éveiller.

Mais ce clown du zodiaque aura souvent plus à en remontrer que ces cohortes de femmes « made in magazine »...

Bref, faites-la rire, et elle accouchera aussi simplement qu'elle prend une douche ! A moins qu'elle n'ait décidé de faire un roman de son aventure !!!

Groupe : C'est une notion essentielle pour le Gémeaux.

Le natif élabore, construit sa personnalité au contact des autres. Sans l'existence du groupe, lui-même n'existe pas.

Cela ne veut pas dire que les autres modèlent sa personnalité, mais que celle-ci s'infléchit et se transforme par le groupe.

« L'important », écrit Jean-Paul Sartre, « n'est pas ce qu'on fait de nous mais ce que nous faisons nous-mêmes de ce qu'on a fait de nous. »

Héros : Les grandes espionnes et les intriguantes sont des héroïnes type du Gémeaux.

Ulysse, tout en ruse et en malice, faisant pénétrer son cheval de bois dans la cité imprenable, voyageant dix ans ou se faisant attacher au mât, curieux d'entendre le chant des sirènes, est en accord avec les valeurs du signe (alors qu'Hélène de Troie, incapable de résister à la séduction et l'enlèvement est proche aussi de la femme Gémeaux).

Till l'Espiègle est encore un personnage Gémeaux. Il sera aussi Arlequin aux vérités successives.

Honnêteté : Le mot est étranger à son système de valeurs.

Mercure, maître du signe, était un dieu messager mais aussi celui du commerce et... du vol !

Hospitalité : Ses portes sont ouvertes. Viendra chez lui qui veut, quant il veut. C'est là un point sur lequel le Gémeaux est imbattable !

Humeur : Spontané, vivant, amusant, alerte,

le Gémeaux est gai, pétillant, offrant toujours de lui sa face légère.

Même si son humeur est variable, s'il est dépressif et inquiet, la présence des autres le ramène toujours à la bonne humeur.

Humour : C'est l'un des grands humoristes du zodiaque.

Loquace, agité, comédien dans l'âme, il improvisera des sketchs à mourir de rire... aux éclats, mais aussi en demi-teintes, car le natif est subtil.

Il pourra pratiquer l'ironie mordante, la moquerie, mais aussi la plaisanterie légère, le second degré.

Virtuose, il aime surtout les jeux avec le langage, percutants, drôles, dénués de lourdeur ou de grossièreté grâce à son intelligence des mots.

Idéal : En posséder un exigerait trop de constance et de continuité pour un être en outre facilement… immoral ! Il a déjà assez à faire en tentant de vivre ses contradictions.

Imagination : Son sens pratique, sa logique très fine conjoints à un sens de l'abstraction, favorisent l'imagination chez le Gémeaux, marqué par un grand besoin de s'exprimer.

A la recherche de stimulation intellectuelle, il fera fonctionner sa cervelle à propos de tout et sera imaginatif dans le domaine concret comme dans le domaine des idées pures.

Influence : Il peut être très influençable et adaptable. Certains natifs seront de véritables camé- ·ons.

Ils adopteront des tics de langage empruntés ·r entourage et se laisseront gagner par l'accent ·ueur dans la région qu'ils traversent.

· contre, ils sont peu perméables aux argu- ·utrui et sont plus doués pour convaincre ·être convaincus !

Instinct : Il y a une composante « primaire » chez le Gémeaux, qui le fera agir ou réagir en fonction de son instinct, très spontanément.

Mais le double qui sommeille en lui est toujours là, fournissant une distance critique simultanée, ou lui fournissant un moyen de rationnaliser les actes commis d'instinct.

Intelligence : Signe d'Air d'une part (voir « élément »), gouverné par Mercure planète de l'intellect d'autre part, le Gémeaux est le signe de l'intelligence.

Il évoluera avec aisance des supports concrets aux idées abstraites, soutenu par une vaste culture et un éclectisme dont le seul revers est peut-être la superficialité.

Cette intelligence pure, brillante et froide peut manquer de créativité et faire du Gémeaux un vulgarisateur plus qu'un inventeur.

Intimité : Un mot que le Gémeaux a rayé de son dictionnaire usuel, au grand dam de son conjoint s'il est Cancer !

S'il part en voyage, ce sera en groupe et, da-
son appartement, il occupe essentiellement l
avec ses amis.

Intuition : Son méla
cérébralité peut lui confé
mais elle sera surtout acquis
et de déductions.

Invention : Le Gémeaux n'est pas nécessairement un inventeur.

Son intelligence souple, d'assimilation rapide, reste parfois à la surface des choses, lui ôtant la créativité que requiert l'invention.

Son esprit est engendré par la logique et la synthèse. Il inventera souvent de grandes choses en mettant en relation des éléments fort éloignés que personne n'avait songé à assembler avant lui.

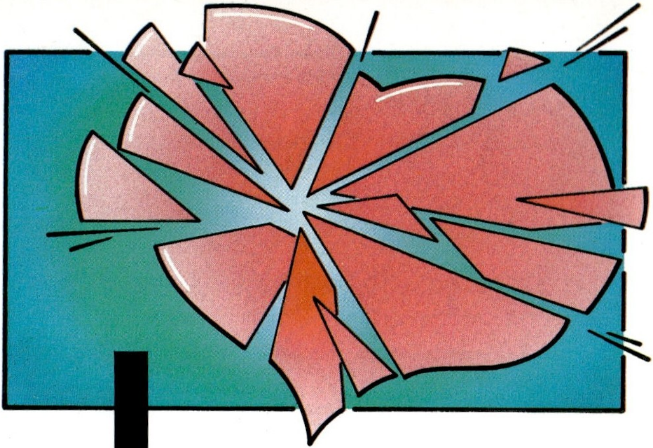

Jalousie : Avec ses caractéristiques de détachement, d'indépendance, le Gémeaux n'est pas un signe emblématique de la jalousie ou permettant de brosser le portrait du jaloux type.

En fait, le Gémeaux, dans ses meilleures dispositions, serait plutôt tolérant, non possessif. Cela dit, il se mettra à éprouver de la jalousie, parfois très fortement, si ce sentiment le sert.

Souvent indécis, ne sachant pas s'il aime ou non, susciter en lui ce sentiment.

La sensation jalouse lui permet de croire davantage en la solidité de son amour.

Ainsi, s'il est très difficile de rendre jaloux un Gémeaux quand on ne l'aime pas ou moins, lui au contraire deviendra jaloux, non par amour, mais parce qu'il menace lui-même ses sentiments !

Jours : La tradition venue de Rome au temps d'Auguste, associe les jours de la semaine aux planètes qui les gouvernent.

Ainsi, le jour favorable au Gémeaux est mercredi (Mercure), son jour défavorable le jeudi (Jupiter étant en exil dans ce signe).

Justice : Pour le Gémeaux, la justice n'est pas une valeur absolue, qu'il s'agisse de la justice officielle, la loi, ou d'une justice personnelle, dictée par sa conscience.

Il est trop souple, trop détaché de la morale (jusqu'à être amoral), pour agir ou penser en fonction d'un concept placé au-dessus de ses intérêts personnels du moment.

Le Gémeaux sera donc rarement injuste, sauf en apparence. Au pire, il sera égoïste ; au mieux, insouciant.

Liberté : C'est le maître-mot du Gémeaux, sa valeur absolue. Il ne veut s'attacher à rien ; vivre libre c'est éprouver un envol permanent.

La liberté est le moteur de ses choix et de son mode de vie.

Libido : Le natif étant un secondaire, il préfèrera souvent le jeu de la séduction au plaisir plus direct.

Car dans ce domaine, il lui est moins satisfaisant de feindre ou de s'esquiver... Ses pulsions sont très anarchiques, et le passage du cérébral au physique, lui fait souvent voir la vie en gris.

Aérien, son désir de plaire à l'autre sera par narcissisme plus fort que celui de suivre ses pulsions... Un lit savamment défait, la satisfaction dans l'œil de son partenaire valent parfois le plus beau nirvana.

Mais quand il peut allier le tout...

Loisirs : Le Gémeaux ne s'imposant aucune contrainte, faisant d'abord ce qui lui plaît, il pourra parfois n'avoir pas la sensation de travailler, d'être en fait en état de loisirs permanents.

Ce n'est hélas pas le cas de tous les Gémeaux et ceux qui ont besoin de se changer les idées à côté de leur vie professionnelle compenseront par de multiples loisirs — car le Gémeaux est avant tout hyperactif et ne sait pas toujour se reposer.

Extrêmement habile de ses mains, il choisira le bricolage ou le dessin, où il fait des merveilles !

Maison : Régi par la mobilité, le Gémeaux éprouve peu d'intérêt pour sa maison ou pour quelque port d'attache que ce soit. Il passera souvent son temps à déménager et, au fond de lui, il pense que ce serait quand même plus commode de vivre à l'hôtel !

Mariage : Mercure, maître du signe, ne favorise pas le mariage, sinon peut-être le mariage d'intérêt.

Le sens critique du Gémeaux fait qu'il est rarement satisfait de la vie commune et les divorces à répétition sont fréquents dans ce signe.

Beaucoup de Gémeaux deviennent des célibataires endurcis, préférant des périodes de concubinage au mariage classique.

L'union s'avèrera plus solide pour le natif comme pour la native s'il règne avant tout une bonne entente intellectuelle, stimulante, avec son partenaire.

Maternité : Elle sera avant tout une bonne pédagogue, fournissant une éducation intelligente

et équilibrée à sa progéniture, lui transmettant sa débrouillardise et un sens pratique face à la vie.

Ce sera souvent le prototype de la mère-copine, peu affectueuse mais compréhensive.

Maturité : Le Gémeaux l'atteint-il un jour ? C'est rare et, dans son cas, c'est tant mieux. S'il donne l'impression d'être immature, c'est en fait qu'il est vivant, en perpétuelle évolution ou transformation.

Métaux : Le mercure et l'or.

Mythologie : Le mythe grec auquel est associé le Gémeaux est celui de Castor et Pollux, deux enfants inséparables exprimant la dualité du signe.

Dans ce couple de jumeaux mythologiques, l'un est d'origine divine (aérienne, spirituelle), Pollux, fils d'un immortel, l'autre est le rejeton d'un homme (désignant la partie terrestre, en prise sur la réalité), Castor.

L'un symbolise la subtilité, le détachement, l'autre l'avidité, l'émotivité.

Le mythe représente le conflit intérieur entre valeurs spirituelles et valeurs terrestres.

Naïveté : Il pourra l'être par à-coup car il fourmille d'élans spontanés. Mais globalement, dans l'autre facette de sa personnalité double, il est l'anti-naïf par excellence jouant la naïveté de la fraîcheur adolescente pour mieux séduire quiconque sera plus naïf que lui !

Narcissisme : Signe du double, du jumeaux, du miroir, le natif est sans conteste l'un des signes les plus narcissiques du zodiaque. Castor recherchera toujours le reflet de Pollux...

Il suffit de le regarder agir : léger, d'apparence sûr de lui, il se préoccupe beaucoup de son corps qu'il ne se lasse pas d'admirer ; toujours habillé à la dernière mode, il est fasciné par les miroirs et il agacera facilement son entourage par sa propension à se mettre en avant.

Séducteur né, c'est à lui-même qu'il veut plaire avant tout, à la fois sérieux et plein d'humour sur le regard complaisant qu'il se porte. Après tout, le plus célèbre des dandys n'est-il pas George Bryan Brummel qui avait le soleil et trois planètes en Gémeaux ? Mais la beauté est une denrée périssable

et, comme Marilyn Monröe, il vit souvent dans la peur de la vieillesse qui l'empêcherait d'être regardé et admiré.

Nature : Il aimera découvrir des paysages nouveaux, être un herboriste amateur, cueillant et classant les plantes par espèces, ou se promenant dans les forêts en observateur, en fonction de la conférence qu'il donnera ensuite sur la gestion et l'entretien du patrimoine forestier !

Obstacles : C'est face à l'obstacle que le tempérament indécis du Gémeaux se révèle.

Son penchant éventuel à la facilité lui confère un comportement fuyant face aux difficultés.

Ses dons multiples le portent d'abord vers ce qu'il sait faire, sans que cela n'exige un gros travail.

Si une difficulté se présente, il va s'arrêter et réfléchir. Son premier réflexe : est-il possible de contourner l'obstacle sans l'affronter ? Dans le cas contraire : est-ce que ça vaut vraiment le coup d'affronter l'obstacle ? Pourquoi ne pas abandonner et faire autre chose ?

Il peut rester longtemps indécis, jusqu'à ce que l'obstacle disparaisse de lui-même !

Opportunisme : Sa mobilité et son adaptabilité en font un véritable opportuniste, sachant saisir toutes les occasions au vol, sachant courtiser et se placer en stratège subtil.

Il jouera de son charme, de son intelligence, de son culot. Il aura l'air de tout savoir, de tout comprendre, de pouvoir tout résoudre et persua-

dera les autres qu'il est l'homme (ou la femme) de la situation !

Optimisme : L'optimiste, gai, léger, enjoué, et le pessimiste, cynique et ratiocineur, cœxistent chez le signe double du Gémeaux, à la façon des deux faces d'une pièce de monnaie.

Orgueil : Il en a à revendre. Certains natifs sont même très susceptibles.

Mais d'autres sont marqués par le manque de confiance en soi et la perpétuelle insatisfaction, ce qui leur confère parfois plus d'humilité que ne le laisse deviner leur tempérament fanfaron et charmeur.

Paresse : Extérieurement, on reconnaît un Gémeaux à son côté toujours affairé, telle la fourmi infatigable.

Vivant sur les nerfs, lancé en permanence dans une ou plusieurs activités, le Gémeaux est le contraire d'un paresseux.

Il aurait au contraire le défaut de ne pas savoir se reposer !

Parfums : Le Gémeaux adore toutes les sortes de parfums, avec une préférence pour les plus sophistiqués.

Ses parfums porte-bonheur sont : acacia, chèvrefeuille, encens, iris, lavande, menthe, muguet, romarin, violette.

Passion : Mercure, maître du signe privilégie l'intellect.

Les élans passionnés seront soumis à la raison, la logique, l'analyse, voire l'intérêt.

Passionné, le Gémeaux le sera de façon fugitive, profonde mais éphémère, l'esprit régnant ici sur les sentiments ou le désir.

Paternité : Il sera un père camarade, compagnon de jeu de ses enfants, sachant leur parler et les faire parler.

Il éveillera leur curiosité de la vie, développera et stimulera leur intelligence, sans exercer une autorité étouffante.

Pays : Plusieurs pays sont traditionnellement gouvernés par le signe du Gémeaux : Afrique du Nord, Belgique, Canada, États-Unis, Pays de Galles, Sardaigne.

Perfection : Le Gémeaux aime les artifices, les apparences. Pour lui, la perfection sera d'abord un vernis de surface.

Pour lui, rien n'est parfait en soi. Sera parfait ce qui aura l'air d'être parfait, de même qu'un faux billet parfaitement imité est pour lui strictement équivalent à un vrai.

Pierres : Le cristal, qui évoque la pureté mais aussi le non-mûrissement.

Ce minéral transparent est, comme la planète Mercure, un intermédiaire entre le visible et l'invisible, le terrestre et le céleste.

On lui prête un pouvoir de divination (qui se retrouve dans les traditonnelles boules de cristal).

Certaines cultures attribuent au cristal la capacité de voler, ce qui se raccorde au Gémeaux, signe d'Air, et au dieu Mercure représenté sous la forme d'un adolescent aux pieds ailés.

Planètes : A la fois en domicile et en exaltation, Mercure gouverne le Gémeaux. Planète de l'intelligence, de l'analyse, elle régit le système ner-

veux, l'équilibre psychique, les facultés intellectuelles.
Elle favorise la communication, le langage, les échanges (dans la mythologie, Mercure était le dieu des marchands et l'intermédiaire entre l'Olympe et les hommes).

Plantes : L'influence des planètes s'exerce sur la nature, donc sur l'homme, mais aussi sur les plantes.

Par l'intermédiaire de son maître Mercure, les végétaux suivants sont associés au signe du Gémeaux : aneth, carvi, douce-amère, fenouil, lin, noix, persil, réglisse, sarriette, séné, valériane.

Politique : La politique peut être un domaine de prédilection pour le Gémeaux, où son opportunisme, son sens de l'analyse et de la synthèse, ses qualités de diplomate feront merveille.

Son influence se fera sentir dans le domaine du commerce, des transports, de l'éducation, de la culture.

Préjugés : Non, le Gémeaux n'est pas un fourbe, un hypocrite, n'approchant les autres que dans la mesure où ils servent ses intérêts.

Il a trop besoin des autres, il les a trop intégrés à sa propre intériorité pour ne pas se sentir animé d'une réelle sympathie.

S'il peut effectivement mentir, ce sera avec talent et sans méchanceté ; ce qui ne l'empêche pas

de témoigner d'innombrables mouvements de sincérité profonde !

Profession : Aussi habile de son esprit que de ses mains, il réussira dans des domaines qui réunissent les facteurs de communication, de déplacement, de curiosité insatiable, comme le journalisme.

Le commerce, le théâtre, l'enseignement, l'édition lui conviennent particulièrement.

Prudence : Le mot est inconnu du Gémeaux. Il calculera beaucoup et envisagera toutes les facettes d'une situation, pour se donner les meilleures chances. Mais il ne manifestera aucune des caractéristiques du prudent ; peu conscient du danger, il est prêt en permanence à tout risquer !

Psychologie : Selon André Barbault, le Gémeaux oscille entre deux pôles.

Nerveux, c'est un instable, enclin « à la vivacité des sentiments, à la recherche d'émotions nouvelles, au vagabondage affectif (...) être fantasque, vivant dans une atmosphère fiévreuse et recherchant un " présent " aussi intense ou ravissant que possible. »

De type sanguin, il vivra « d'après sa pensée, curieux, pratique, habile (...) sarcastique, spirituel, au cœur sec. ». Les deux tendances sont souvent en conflit chez le natif.

Qualités : Pour passer de l'accusation (cf. le mot « Défauts ») à la défense, disons que le Gémeaux est : adaptable, habile, doué de talents variés, spontané, vivant, logique, alerte, humoristique, subtil, éloquent, cultivé, sensible, brillant, plein de charme, virtuose, persuasif, curieux, tolérant et très sociable.

Quotient Intellectuel : Prenant la vie comme un éternel cocktail mondain, les Gémeaux, avec leur smoking blanc et leur œillet à la boutonnière, sont des charmeurs. Rien ne les emplit d'aise comme la reconnaissance de leur intelligence dans le regard des autres et à leurs propres yeux.

Plaire est pour eux un besoin, une drogue. Une coupe à la main, la main dans la poche en une pose avantageuse, ils abordent tous les sujets, tous les problèmes avec aisance pour les abandonner un peu plus tard avec la même facilité s'ils entrevoient la possibilité d'un échec.

Signe d'air, les Gémeaux ont un esprit léger, éthéré, volontiers insaisissable pour quiconque n'est pas Gémeaux. Eux-même doivent souvent se faire

violence pour approndir un projet et le mener à bien une fois passée l'excitation des premières heures.

Heureusement, leur sens aigu des relations publiques leur permet souvent de se faire assister dans l'accomplissement des tâches, ce qui laisse leur esprit libre de partir vers de nouvelles aventures, de nouvelles conquêtes.

Raffinement : Le raffinement du Gémeaux procède de l'élégance séductrice de la Balance, de la délicatesse du Cancer ou des petites touches de la Vierge, avec en plus l'insolence, la désinvolture et le jeu de langage du dandy.

C'est parce qu'il a le sens du jeu que le Gémeaux est le plus raffiné des signes du zodiaque. Non seulement il est chic, distingué, mais il joue ; une part de provocation habile entre dans ses manières.

Ce dandy spirituel maintient l'équivoque entre le charme de ses gestes et leur gratuité. Effet garanti !

Rancune : Ce signe n'est pas un signe de mémoire. S'il est offensé, il pourra se venger sur le moment, sans violence, sans éclats mais avec une habileté diabolique ou, pourquoi pas, en pratiquant la médisance !

Mais après coup, le souvenir de l'affront s'efface jusqu'à disparaître et le Gémeaux est capable de reconsidérer son pire ennemi en repartant de zéro.

Regrets : La nostalgie est un sentiment inconnu du Gémeaux. Non pas qu'il ait le cœur

suffisamment sec pour ne rien regretter ; au contraire, les sensations l'impressionnent vivement... sur le moment !

Mais sa composante d'Air et sa nature mercurienne privilégiant l'intellect, le détachent rapidement du sentiment éprouvé au profit des sentiments à venir.

Cette fuite en avant du Gémeaux le prive de disponibilité pour regarder en arrière !

Réputation : Il n'attache pas beaucoup d'importance à ce que les autres racontent sur lui. Tant mieux, car son côté parfois amoral (qui devient facilement « immoral » pour la rumeur publique) peut faire jaser.

Par contre, certains Gémeaux se livreront au commérage. Ils contribueront à fabriquer la réputation de tel ou tel ami. Sans mauvaise intention ; mais les autres ou la vie des autres est un inépuisable sujet de conversation pour un Gémeaux normalement constitué !

Responsabilité : A priori, le Gémeaux est quelqu'un d'entièrement disponible pour autrui ; du moins, c'est ainsi qu'il se présente.

Attentif et serviable, il promettra de faire tout ce qu'on lui demande, il souscrira d'emblée à tous les engagements, mais les oubliera par la suite !

A moins de lui téléphoner cinq fois par jour pour lui rappeler sa promesse, il vaut mieux ne pas compter sur lui.

En outre, si l'on agit avec trop d'insistance avec lui, il cessera d'offrir pour fuir à toutes jambes !

Romantisme : Le romantisme du Gémeaux est un romantisme de légèreté, pétillant, fantasque, toujours entre la plaisanterie et le sanglot.

Comme Lorenzaccio ou Fantasio, les personnages d'Alfred de Musset, le Gémeaux est le prototype de l'amoureux errant.

Rupture : Le Gémeaux homme ou femme a besoin de variété et de changement.

Cette vérité s'applique aussi au domaine sentimental, si bien que le natif sera souvent un vagabond, brisant une relation dès qu'il menace de s'ennuyer ou que l'effet de surprise a disparu.

Très instable, le natif pourra faire de la rupture un mode de vie, ayant peur de s'attacher.

Il vivra les ruptures plus tragiquement s'il perçoit sa conduite comme un refus de ses sentiments, ou un refus de la stabilité pour la stabilité.

Ruse : Le Gémeaux est le renard du zodiaque.

Comme dans la fable, il sera malin et beau parleur, louvoyant et flattant jusqu'à ce que le fromage s'échappe du bec.

Pourquoi, se dit le Gémeaux, chercher à obtenir par la force ce qu'on peut si aisément décrocher avec de l'astuce ?

Sacrifice : Dans la légende de Castor et Pollux (cf. « Mythologie »), on voit les deux jumeaux enlever deux jeunes filles dont ils sont tombés amoureux.

Les fiancés des captives partent à leur poursuite et tuent le membre mortel du duo : Castor. Pollux, immortel, accepte alors de passer six mois par an aux Enfers pour que son frère désuni de lui puisse revivre pendant la même période.

On voit quelle est ici la valeur sacrificielle du Gémeaux : la mort de Castor amoureux évoque le sacrifice nécessaire des élans charnels au profit de la raison, de la supériorité de l'esprit.

Mais Pollux se sacrifie à son tour, six mois par an, pour que la chair puisse revivre, exprimant en cela la difficulté pour le signe à atteindre un équilibre non dissocié entre le corps et l'âme.

Saison : Troisième signe du zodiaque, le Gémeaux est à la charnière du printemps et de l'été, vivant la fin d'une saison et annonçant la suivante ; c'est la conclusion d'un cycle qui en ouvre simultanément un autre.

Sang-froid : Le Gémeaux de type sanguin est le modèle de la maîtrise de soi. Il est capable de continuer à nouer sa cravate sans sourciller sous le plus violent bombardement !

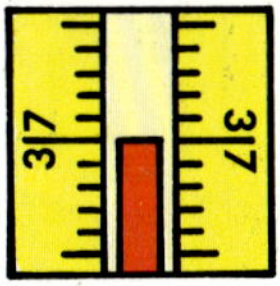

Santé : Le Gémeaux, a parfois la santé fragile et, comme la Balance, s'il est dépressif il sera sujet aux troubles psychosomatiques.

Associé au signe du Gémeaux, l'appareil respiratoire peut causer des ennuis au natif, le sensibilisant aux bronchites, aux pneumonies, voire à la tuberculose.

La fragilité du système nerveux, associée à une insuffisance hépatique, prédispose le natif aux réactions allergiques. Il faut être prudent en ce qui concerne les troubles de cette nature aussi bien qu'envers les médicaments administrés pour les soigner.

L'organisme du Gémeaux tolère mieux l'homéopathie que les antibiotiques. Le Gémeaux est également sensible aux dérèglements mentaux ; on trouvera fréquemment dans ce signe des cas de cleptomanie ou de mythomanie !

Scrupules : Non seulement le Gémeaux rusé préfère la fin aux moyens, mais encore il est trop rapide dans ses actions pour avoir le temps de posséder des scrupules !

Secrets : Le Gémeaux est bavard, il a trop besoin de s'exprimer pour ne pas préférer la confidence au secret.

Mais attention : il peut parfois être loquace à l'excès sur certains sujets pour mieux en dissimuler d'autres...

Sécurité : Pour le natif, ce mot est l'exact contraire de liberté. Il s'en méfiera comme de la peste.

Séduction : Le Gémeaux n'est pas un vrai séducteur comme la Balance ou le Scorpion et, pourtant, il fera parfois des conquêtes plus nombreuses.

En fait, il joue à séduire, avec humour et intelligence. Sa tactique est celle du flirt affiché. Il aura gagné lorsqu'il aura amené sa proie à jouer à son tour !

Sensibilité : Chez le Gémeaux, la sensibilité est en conflit avec la lucidité.

Réfutant l'instinct, l'animalité, il se méfiera d'autant plus de sa sensibilité qu'il se sait très impressionnable.

Sexualité : On dit souvent que le Gémeaux préfère l'amitié à l'amour, les jeux de l'esprit aux plaisirs du corps.

La sensualité l'attire et l'indiffère à la fois, ce n'est pas pour lui un critère primordial. D'abord l'entente intellectuelle !

Singularité : Dans le train, il aborde son voisin de compartiment pour lui raconter sa vie.

Solitude : Surtout pas ! Si le Gémeaux ne souhaite pas être attaché à quelqu'un ou quelques-uns en permanence, il ne supporte pas non plus d'être seul.

Face aux autres, il s'anime soudain, devient vivant. Sans eux, il se sent vide.

Spiritualité : La symbolique du signe pousse le Gémeaux à trouver son équilibre en sublimant par la spiritualité la présence de la matière.

Logique mais très émotif, le Gémeaux pourra être attiré par les sciences occultes, la mentalité magique en une quête de son identité jamais définie.

S'il souffre également de son instabilité affective, il cherchera un épanouissement compensatoire dans la religiosité, le mysticisme.

Spontanéité : Le Gémeaux l'est par bouffées. Ayant du mal à concilier émotion et action, tantôt il agira sans réfléchir, tantôt la réflexion l'empêchera d'agir.

Sports : Les sports légers sont conseillés pour le Gémeaux.

Peu musclé et peu endurant, mais très mobile, il pratiquera avec bonheur l'escrime, le ski, le tir à l'arc, le ping-pong ou le tennis.

Succès : Le Gémeaux connaît surtout les succès faciles et éphémères. Il est souvent trop versatile pour « faire carrière », progresser lentement au long des années pour asseoir sa situation.

Son ascension sera rapide, dans la lignée des réussites éclair, mais il devra ensuite se battre pour s'y maintenir. En somme, s'il n'a pas toujours beaucoup d'effort à faire pour monter, il doit lutter pour ne pas redescendre !

Superstition : La partie logique et rationnelle du Gémeaux réfute le sacré, les croyances, les rites et les superstitions.

Mais sa sensibilité et sa facilité à vibrer en accord avec le monde de l'esprit le rend vulnérable aux chats noirs qui lui coupent la route ou aux prédictions des lignes de la main.

Parfois, il décide d'y croire et se montre maniaque. A d'autres moments, il oublie et passe sous l'échelle sans sourciller.

Symbole : Le Gémeaux symbolise la dualité, le dédoublement intérieur, l'antagonisme du corps et de l'âme, mais aussi l'idée que la vie est issue de l'union des contraires.

La gémellité est à la fois source de crainte et source de création. C'est la peur de la dissociation, du double maléfique, de l'ambivalence.

Mais de cette dualité même du Bien et du Mal, ou du Masculin et du Féminin, naît la vie.

Tendresse : Le Gémeaux de type nerveux sera souvent plus tendre que les autres.

De toutes façons, le signe étant de la nature de la planète Mercure, les contacts ou les échanges se placent à un niveau intellectuel, spirituel, la relation physique étant sublimée.

Peu de Gémeaux manifesteront des élans ou des gestes affectueux.

Territoire : Le Gémeaux est un voyageur, il n'a pas de territoire. Il déménage régulièrement et part parfois sans laisser d'adresse...

Timidité : Certains Gémeaux sont marqués par le manque de confiance en soi. Ils dissimuleront leur timidité maladive sous un flot de paroles et de gestes d'une nervosité extrême.

Tradition : A la fois anticonformiste et distrait, il oubliera tous les anniversaires, y compris le sien.

Si l'idée l'amuse, séduit ou choque les autres, il sera ravi de tirer les rois en plein mois d'août ou

de manger de la dinde tous les jours sauf le 24 décembre !

Transport : La mobilité caractérisant le Gémeaux, il essayera tous les moyens de transport imaginables, à la façon d'un collectionneur : bateau (trop lent), auto (à 200 à l'heure !), train (pour lier connaissance), ou son préféré : l'avion.

Travail : Il en a besoin pour s'exprimer, s'il trouve une profession intellectuelle ou imaginative, et aussi pour canaliser sa nervosité, son goût de l'activité en tous sens, mais il souffrira de la discipline exigée.

Le Gémeaux est particulièrement sujet au surmenage et il doit savoir qu'un peu de chaise longue ne peut pas lui faire de mal !

U nions : Entre les différents signes du zodiaque.

Gémeaux-Bélier :

Débouchez les bouteilles de champagne, voilà la fête non-stop, le règne de la légèreté.

Le Bélier et le Gémeaux sympathisent très vite et se renouvellent au contact l'un de l'autre dans une émulation permanente.

Mais le Gémeaux se lassera des idéaux du Bélier et ce dernier souffrira de l'inconstance du Gémeaux.

Gémeaux-Taureau :

Ces deux-là ne s'aiment pas beaucoup. Le Taureau jugera même à tort, le Gémeaux trop frivole, infidèle, menteur et le Gémeaux alerte et dispersé, vivra le Taureau comme un boulet à son pied.

Gémeaux-Gémeaux :

A priori, l'alliage est pétillant ! Les deux natifs rivaliseront de légèreté, d'audace, ils deviendront des complices en tout.

Le Gémeaux aime qu'on partage ses idées,

qu'on l'écoute et qu'on lui parle ; rien n'est mieux placé qu'un autre Gémeaux pour ça. Toutefois, les relations risquent d'en rester au niveau de la complicité amicale ou de l'entente intellectuelle.

Qui plus est, dans un couple, le Gémeaux est un facteur d'instabilité et il aura besoin de sentir en face de lui de la solidité, de la force et de l'équilibre sur quoi il puisse se reposer. Un autre Gémeaux risque de trop exalter son côté fantasque et de l'insécuriser.

Gémeaux-Cancer :

Le Cancer risque d'avoir bien du mal à saisir l'anguille Gémeaux dans ses pinces.

Toujours en mouvement et en activité, le Gémeaux lui échappe et ne laisse pas prise à sa soif d'accaparer l'autre.

Toutefois, si le Cancer réussit, tout change. Le Gémeaux devient plus docile mais vit parfois la relation comme une prison.

Comme ils aiment tous les deux les taquineries, ils en viendront vite aux querelles. Et le Cancer se lassera d'attendre dans son foyer intime le Gémeaux qui ne rentre qu'à trois heures du matin après avoir fait la fête avec ses amis !

Gémeaux-Lion :

Dans ce couple, le Lion est fortement séduit par le charme et la légèreté du Gémeaux, complémentaire de sa propre nature.

La puissance du Lion ravit le Gémeaux malicieux. Le côté à la fois conformiste et original du Lion lui permet d'être attiré par les côtés fantasques du Gémeaux.

Qui plus est, le Lion est très sensible aux artifi-

ces, aux illusions dorées, voire à la flatterie, et le rusé Gémeaux saura le combler.

Ils vivront tous deux dans une atmosphère de prestidigitation, le Lion croyant dominer le Gémeaux qui le mène par le bout du nez.

Gémeaux-Vierge :

Ces deux signes gouvernés par Mercure s'entendront parfaitement sur un plan intellectuel, invention et rigueur s'équilibrant.

Mais ils seront surtout des collaborateurs, rarement des amants.

La surenchère dans la cérébralité les conduirait à analyser en permanence leur relation plutôt que de la vivre.

Gémeaux-Balance :

L'entente est bonne pour ces deux signes d'Air, chacun apportant sa part de charme, de délicatesse, de vivacité, de mobilité, de diplomatie.

La nature artiste de la Balance enrichit le Gémeaux logique.

Comme ils ont tous les deux besoin d'indépendance, ils joueront leur relation comme une partie de cache-cache.

Le fond pessimiste de la Balance peut toutefois inquiéter le Gémeaux déjà inquiet sur lui-même, et son indécision face à la vie ne l'aide pas beaucoup.

Mais s'ils restent légers, ils vivront leur faiblesse commune sans gravité.

Gémeaux-Scorpion :

Le caractère passionné jusqu'à l'excès et le tourment, propres au Scorpion, s'accordent mal avec le détachement volage du Gémeaux.

Ce dernier s'adaptera peut-être à son partenaire, car il est attiré par la richesse et la force du Scorpion et il est capable pour cela de se plier à certaines exigences.

Mais le Scorpion a besoin d'autre chose que d'un courant d'air !

Gémeaux-Sagittaire :

Excellente entente de l'Air et du Feu, de la mobilité et de l'élan.

Des goûts communs les rapprochent, notamment le voyage, la vie itinérante.

Le Sagittaire aidera le Gémeaux à mieux se réaliser, à diriger ses impulsions. Un couple soudé !

Gémeaux-Capricorne :

La lenteur du Capricorne à s'attacher à quelqu'un est inversement proportionnelle à la rapidité du Gémeaux à s'en détacher.

Lorsque le Capricorne commencera seulement à se dire qu'il est amoureux, le Gémeaux aura eu le temps de passer par toutes les phases, chagrin et guérison comprise !

Gémeaux-Verseau :

Ces deux signes d'Air partagent les mêmes valeurs : goût du contact avec autrui, prééminence de l'intellect, versatilité, esprit voyageur...

Mais leur détachement fait qu'ils se côtoient plus qu'ils ne s'attirent. C'est parfois dommage car le Verseau apporterait plus de sincérité et de souci du lendemain au Gémeaux.

Gémeaux-Poissons :

L'alliance de ces deux poissons donnent parfois

l'impression d'un ménage à quatre!

Si la meilleure partie de l'un et l'autre s'harmonise sans que la plus instable et contraire se déchire, tout va bien.

Le Gémeaux profitera peut-être un peu des dons généreux du Poissons, de son dévouement, mais il l'aidera à démêler son univers mystérieux et nébuleux. Par ce biais, il trouvera peut-être le moyen de se construire lui-même.

Vêtements : Très raffiné et très coquet, le Gémeaux soignera son habillement.

Adaptable et influençable, il s'habillera à la façon du caméléon, suivant les modes les plus extravagantes, ou adoptant la tenue du milieu qu'il fréquente sur le moment.

Plus personnel, il sera un dandy, mêlant goût, luxe et fantaisie débridée.

Pour lui, un costume sera un déguisement de plus, une autre façon de jouer avec les apparences. C'est pour cela qu'il peut aller d'un pôle à l'autre, du vêtement pratique et passe-partout jusqu'à la tenue de carnaval !

Villes : Comme les pays, certaines villes sont associées au signe du Gémeaux : Londres, Metz, San Francisco et Versailles.

Voix : Le Gémeaux n'a pa beaucoup de souffle et pourtant il aime parler, jusqu'au bavardage frivole.

Son débit sera donc souvent accéléré, vif, comme s'il cherchait à dire le plus de choses possible

en une seule tirade. Il marquera de brefs temps de pause, et repartira à toute allure.

A cause de cela, il sollicitera plus facilement le registre aigu, son timbre sera haut perché.

Il peut parfois se perdre en de multiples effets verbaux, sinon verbeux, ou témoigner d'une précision à faire pâlir les commentateurs professionnels !

Volonté : Il en dispose s'il se sent suffisamment motivé.

Mais elle peut s'épuiser en même temps que ses forces : jaillissantes, elles s'épuisent assez vite. Et d'autres motifs le remplissent et l'attirent rapidement ailleurs...

Sa volonté sera facilement une pure « bonne volonté » !

Voyage : Mercure aux pieds ailés gouvernant le signe, c'est dire s'il est porté au voyage.

Ce ne sera pas un explorateur ou un conquérant, mais un vagabond qui se jette dans les sentiers de l'ailleurs parce que rien ne le retient et que tout dépaysement l'attire.

Voyageur peu méthodique, il volera en fait au gré de sa fantaisie, partant sans destination et ne sachant pas ce que revenir veut dire !

Zizanie : Prenez une salle vide avec seulement quelques chaises. Remplissez-la de gentils couples heureux, lâchez-y un Gémeaux.

Il va dire quelques mots aux oreilles des uns et des autres et un observateur pourra bientôt noter le malaise général, les coups d'œil furtifs et lourds de sens.

Laissez macérer deux heures en huis-clos ; quand vous rouvrirez la porte, les femmes se seront lacéré le visage à coups de griffes, quelques hommes rouleront par terre sans se soucier des lois les plus élémentaires du catch et les divorces menaceront de pleuvoir à la chaîne.

Faites alors revenir notre Gémeaux. En quelques phrases bien senties... et totalement improvisées, il aura ramené un calme apparent.

Car en somme, il apparaîtra comme le bon sens et la droiture incarnés. Chacun le louangera à sa manière. Son truc ? Vieux comme le monde : diviser pour régner !

Calcul de l'ascendant

Afin de simplifier le calcul de votre ascendant qui implique souvent des tableaux horaires longs et fastidieux, nous vous proposons une nouvelle méthode qui suppose seulement la connaissance de votre heure de naissance.

S'il n'est pas rigoureusement exact, ce système ne comporte qu'une très faible marge d'erreur (environ 4%).

Il vous suffit donc de chercher, sur le tableau ci-dessous, la colonne qui correspond à votre date et à votre heure de naissance pour trouver votre ascendant.

Dans le cas où vous êtes né dans un pays appliquant l'heure d'été au moment de votre naissance, il est nécessaire, auparavant, d'y retrancher une heure.

Si vous êtes né **Gémeaux** entre les :

22 mai-31 mai		1er juin-10 juin		11 juin-21 juin		Ascendant :
02 h 25	03 h 25	01 h 45	02 h 45	01 h 05	02 h 05	**Bélier**
03 h 25	04 h 45	02 h 45	04 h 05	02 h 05	03 h 25	**Taureau**
04 h 45	06 h 25	04 h 05	05 h 45	03 h 25	05 h 05	**Gémeaux**
06 h 25	08 h 55	05 h 45	08 h 15	05 h 05	07 h 35	**Cancer**
08 h 55	11 h 45	08 h 15	11 h 05	07 h 35	10 h 25	**Lion**
11 h 45	14 h 25	11 h 05	13 h 45	10 h 25	13 h 05	**Vierge**
14 h 25	17 h 05	13 h 45	16 h 25	13 h 05	15 h 45	**Balance**
17 h 05	19 h 55	16 h 25	19 h 15	15 h 45	18 h 35	**Scorpion**
19 h 55	22 h 15	19 h 15	21 h 35	18 h 35	20 h 55	**Sagittaire**
22 h 15	00 h 05	21 h 35	23 h 25	20 h 55	22 h 45	**Capricorne**
00 h 05	01 h 25	23 h 25	00 h 45	22 h 45	00 h 05	**Verseau**
01 h 25	02 h 25	00 h 45	01 h 45	00 h 05	01 h 05	**Poissons**

Index

Activité .... p. 9
Adolescence .... p. 10
Affaires .... p. 11
Alimentation .... p. 11
Ambition .... p. 11
Amitié .... p. 12
Amour .... p. 13
Anatomie .... p. 14
Animal .... p. 15
Argent .... p. 15
Arts .... p. 16
Ascendant .... p. 17
Aventure .... p. 22

Bijoux .... p. 23
Bonheur .... p. 23
Bricolage .... p. 23

Célébrités .... p. 25
Chance .... p. 25
Charme .... p. 25
Chiffres .... p. 26
Communication .... p. 26
Complexes .... p. 26
Concentration .... p. 27
Conflit .... p. 27
Conquête .... p. 27
Conseil .... p. 28
Contradiction .... p. 28
Couleurs .... p. 28
Courage .... p. 29
Création .... p. 29
Cuisine .... p. 29
Culture .... p. 30
Curiosité .... p. 30

Danger .... p. 31
Déception .... p. 31
Décoration .... p. 32
Défauts .... p. 33
Dépression .... p. 33
Destin .... p. 34
Discipline .... p. 34
Domination .... p. 34

Échec .... p. 35
Égoïsme .... p. 35
Élément .... p. 36
Enfance .... p. 36
Ennemis .... p. 37
Ennui .... p. 37
Excès .... p. 37
Exigence .... p. 38

Famille .... p. 39
Fantaisie .... p. 39
Fantasme .... p. 40
Fidélité .... p. 40
Force .... p. 40

Gourmandise .... p. 43
Grossesse .... p. 43
Groupe .... p. 44

Héros .... p. 45
Honnêteté .... p. 45

Hospitalité .... p. 45
Humeur .... p. 45
Humour .... p. 46

Idéal .... p. 47
Imagination .... p. 47
Influence .... p. 47
Instinct .... p. 48
Intelligence .... p. 48
Intimité .... p. 48
Intuition .... p. 48
Invention .... p. 49

Jalousie .... p. 51
Jours .... p. 51
Justice .... p. 52

Liberté .... p. 53
Libido .... p. 53
Loisirs .... p. 53

Maison .... p. 55
Mariage .... p. 55
Maternité .... p. 55
Maturité .... p. 56
Métaux .... p. 56
Mythologie .... p. 56

Naïveté .... p. 57
Narcissisme .... p. 57
Nature .... p. 58

Obstacles .... p. 59
Opportunisme .... p. 59
Optimisme .... p. 60
Orgueil .... p. 60

Paresse .... p. 61
Parfums .... p. 61
Passion .... p. 61
Paternité .... p. 62
Pays .... p. 62
Perfection .... p. 62
Pierres .... p. 62
Planètes .... p. 62
Plantes .... p. 63
Politique .... p. 63
Préjugés .... p. 63
Profession .... p. 64
Prudence .... p. 64
Psychologie .... p. 64

Qualités .... p. 65
Q.I. .... p. 65

Raffinement .... p. 67
Rancune .... p. 67
Regrets .... p. 67
Réputation .... p. 68
Responsabilité .... p. 68
Romantisme .... p. 69
Rupture .... p. 69
Ruse .... p. 69

Sacrifice .... p. 71
Saison .... p. 71
Sang-froid .... p. 72
Santé .... p. 72
Scrupules .... p. 72
Secrets .... p. 72

Sécurité .... p. 73
Séduction .... p. 73
Sensibilité .... p. 73
Sexualité .... p. 73
Singularité .... p. 74
Solitude .... p. 74
Spiritualité .... p. 74
Spontanéité .... p. 74
Sports .... p. 74
Succès .... p. 74
Superstition .... p. 75
Symbole .... p. 75

Tendresse .... p. 77
Territoire .... p. 77
Timidité .... p. 77
Tradition .... p. 77
Transport .... p. 78
Travail .... p. 78

Unions .... p. 79

Vêtements .... p. 85
Villes .... p. 85
Voix .... p. 85
Volonté .... p. 86
Voyage .... p. 86

Zizanie .... p. 87

Calcul de l'ascendant .... p. 89